おかへりの声

塙千晴句集

Okaeri no Koe
Hanawa Chiharu

ふらんす堂

序

塙千晴さんが知音の初心者クラス「ボンボヤージュ夜の部」に入会したのは十六年前、三十代になったばかりの頃だった。

曖 昧 な 笑 み を 浮 か べ て 新 社 員

冬ざれや味方見えざる時もあり

春 寒 や 一 言 で 友 失 ひ し

マフラーの折り目まで真つ直ぐな人

生麦酒分かり合へたる気になりて

などの作品に、冷静な人間観察と、人間関係を客観的に把握することのできる大人の視点を感じた。

散 る 桜 愛 で て 男 の 虚 ろ な 眼

まのあたりに散る桜を誰もが「きれいだなあ」と讃える。言葉では愛でているのに、その男の眼は虚ろであるということに気づいた洞察力が生んだ句である。

笑っているのに目が笑っていないとか、美辞を述べているのに心がこもっていないとか、応えてくれても心ここにあらずということに気がつくようになるのは、真の大人の証拠といえよう。そんな心を読み取ってはいても、俳句に表現できるようになるには、しばらく表現上の修練が必要だ。初心者クラスを卒業する頃になって、その両方の充実が見られるようになった。

真 夜 中 に 大 移 動 す る 鰯 雲
朝が来ぬやうな気のして梅雨深し
マスクマスクマスク出勤してみれば

俳句と出会ったことで、自然界の中で生きる存在であることに気づいたのもこの頃だろう。

追ひ抜かれ追ひ抜き返し街薄暑

初夏の街をさっそうと歩いていたところ、後ろから来た人に追い抜かれた。同性の同齢くらいの人に違いない。自分より若い異性であったら、競争心は湧かないものだ。抜かれた途端に俄然力が湧いてきて追い抜き返した、というところに、若さ

追い抜いて行った人の後ろ姿もはつらつとしていたに違いない。それ以上に作者の心意気も感じる。夏の初めの街は木立も美しく人々も明るいおしゃれを楽しむ。こうした若いポエジーがこの句集の特徴の一つと言えよう。

生麦酒主役到着待ちきれず

仲間内の祝賀会か何かだろう。生ビールのジョッキが威勢よく運ばれて来た。しかし主役たるべき人物がまだ来ていない。約束の時間は過ぎている。生ビールの泡が消えないうちに、もう始めようと誰かが言い出す。では乾杯の練習をしようと、皆が同調する。

気兼ねない集まりの、暑い一日の夕暮れ時が鮮やかに賑やかに伝わってくる。中七から下五にかけての語調の勢いもいい。「待ちきれず」という若い心逸りも、ごく自然だ。三十代を代表する生命力旺盛な句だ。

依怙贔屓してさくらんぼ配りけり

依怙贔屓は本来してはならないことだ。そうは言っても人間の感情はいつも公明正大を保てるものでもない。そんな心理をこの句はついている。してはならぬと分かっていることを、堂々としていると公言しているのだ。しかも、たかがさくらんぼを配るということにおいてなので、可愛い気がある。作者の職業柄、職場の同僚たちに配る場面であろう。厳密に数を揃えるのではなく、好きな上司や気に入りの後輩にはやや多めにという程度のことだ。

寒空や時は平等にはあらず

時の経過はすべての事物に平等である。それを承知の上で、こんな風に実感することもある。それは自他の来し方を顧みた時だ。季題から読み取れることは、決して自分にプラスの実感ではない。同じ時代に同じ歳月を同じように過ごしたはずなのに、なぜあの人には実りがあり、自分にはそれがないのだろう。そんな思いにとらわれることが、人生には誰しもある。

不惑を迎えた作者がそのことに気づき、しかも俳句という表現手段をもって本音を吐露しえた成長を、喜びたい。

このころから俳句で本音を憚りなく言えるようになった。

躑躅咲く浮かぶ嫌ひな人ばかり

本来ならば「嫌いな人ばかり浮かぶ」という語順になるはずだ。しかし動詞を重ねた叙法の効果によって一瞬の心の動きであることが伝わってくる。

つつじの花は春たけなわの頃、町を席捲するかのように駅前や道路の植え込みや公園に咲き満ちる。一つひとつを見ると可憐なものもあるが、どぎつい色が葉を押しのけて壁のように咲いているのには、ちょっと辟易する。この花が嫌いという作者に同感する。

ただし俳句ではつつじが嫌いと言ってしまっては身も蓋もない。つつじの花を見た瞬間、心に浮かんだ人は嫌いな人ばかりだ、と表現することによって、あの人は苦手、この人には辟易、その人嫌い、まるでつつじの花みたいだからと、連想させてゆくのである。

母の剝く梨のとりわけみづみづし

雑踏の流れに乗れぬ師走かな

一樹一樹愛でゆく母の梅見かな

お母さんの病気が分かった頃から、句境が深まってきた。病気のお母さんを詠むばかりでなく

千歳飴買ふ母親のふりをして
素足のとき女であると思ふとき
春兆す自分を許すこと覚え

といった句に、母と自分の関係や、母親にはならなかった自分の存在や、女性としての年齢の深まりなどを意識し始めたことが窺える。

行く年や父はいつから泣き上戸

お母さんを看取った頃の句は心に沁みるが、中でもこの句が多くを語っている。父親というものは子どもにとって逞しく頼りになる存在であった。しかしお母さんの死後、今まで見せなかった顔を子供たちに見せるようになったのだろう。その意外性を詠んだ句だが、人生の本質に触れた作品だ。

このころの作では、

化粧水ばしやばしやつけて冬の朝
マスクする間もなし電話鳴り止まず
凡庸を思ひ知りたる梅雨入かな
うめき声あげてをりけり寒鴉

といった実社会で活躍する自分を詠んだ句に、けなげな作者を見ることができる。かつての若くはつらつとした句は鳴りをひそめ、人生経験を重ねた等身大の作者を見る思いがする。

中でも寒鴉の声にうめき声を聞き取ったのは、鴉とて気ままに鳴いているわけではないことを感じた作者の年輪を語っていよう。

スカートの巻き付いてくる余寒かな

女性ならではの季節の実感だ。冬の間はズボンで過ごした人も、春になるとたとえ寒い日でもスカートをはいて外出したいものだ。四十代の働き盛りにしてみれば春には春のおしゃれがしたくなるだろう。しかし、厚手の丈の長いスカートをはいて街をいつもの歩幅で歩くと巻き付いてくる。その感覚に余寒を実感したという偽りのない体感から生まれた句。この句の作者はあくまでも前へ歩を進めている。

かなかなやおかへりの声もう聞けぬ

「おかえり」と迎えてくれるのは家族だけだ。この句からだけでは詳しい事情は分からないが、実家の亡きお母さんのことを詠んだものだ。結婚して十年以上たった頃でも、作者が実家へ行く度にお母さんは「おかえり」と迎えてくれた。息子娘に関わらず、母親とはそうしたものだ。しかしもうその声は聞けない。その悲しさと寂しさと虚しさをかなかなの声が語っている。
句集名になった句であることからも、この句集を編む一つの契機になったことが偲ばれる。

愛想なき店心地よき夏夕べ

店主や店員が無愛想というわけではない。でも「愛想なき」ということは、店側が客に気を使っていないということだ。馴染みの店かもしれないし、初めて行った店かもしれない。初めての店でも、居心地のいいところはある。季語が語っているところは、風通しがよく、適度に空いていて、酒もつまみもかなり美味しい。この句から飲食店を想像するのは私だけではないだろう。

作者はもっと気取ったお洒落な店も知っているのだろうが、店の心地よさをこうしたところに見出すとは、すでに世の中に出たての若い女性ではない。こうした点にも読み手の心が寄り添ってゆく魅力的な句。

今時の子はと言ひかけ咳けり

作者も四十代後半。「今時の子は」という決まり文句がつい口に出る年齢に達した。しかし言いかけてあわてて打ち消すように咳をしたという点がまだ若い。「子」は必ずしも子供ではない。若者を含んだ呼び名だ。世代が違うと時代も変わったものだなあと実感したのだろう。

「最近の若い者は」という嘆きは、ギリシャ時代から聞かれた大人の嘆きだ。この句の救いは愚痴に終わらず笑いを呼ぶこと。しかも作者が俳句の世界ではまだ若手のうちに属していることからもおかしみがある。

冬の星添ひ遂げるとはいづこまで

最近のこの句に注目した。

「死が我らを分かつまで」とは結婚式の誓いの決まり文句だが、相手が先に他界したところで夫婦の関係が終わるわけではない。ご両親のその後のありようを見て気づいた人生の真理であろう。「冬の星」という季語は生きる寂しさや厳しさを思わせるとともに、精神の永遠を語っていよう。私も夫に先立たれた身なのでこの句の思いは実感として伝わってくる。

遺されたお父さんの生き方を見て作者自身の人生にも思いが及んだのだ。こうした精神の領域にまで踏み込んだ作品が生まれたことでこの句集の魅力が深まったと感じるのは私だけだろうか。

令和五年初夏

西村和子

おかへりの声＊目次

句集　おかへりの声

ゆっくり

二〇〇八年元旦～二〇一一年春

元旦の雲ゆつくりと流れけり

春めくや窓の外からけんけんぱ

曖昧な笑みを浮かべて新社員

春昼や特別話すこともなく

旅先の母のメールの五月富士

夏山や喫茶去の旗見え隠れ

喧騒の舟を下りれば月涼し

戦争のニュース眺めつ秋刀魚食ふ

冬ざれや味方見えざる時もあり

二人分作りて一人根深汁

夫と我が声の重なり鬼やらひ

残業の夜ふけの窓に春時雨

春雨や袴捌きの音のして

若葉風しがらみほどけゆくやうな

扇風機カタカタカタと黙り込み

四捨五入すれば不惑や梅雨あがる

夜濯のシャツ手のひらにはりつきて
星月夜好きよと言ってみたくなり

気の弱き男のごとく初時雨

不機嫌な整備士冬の遊園地

悪口ばかりでつながりておでん食ふ

すれ違ふ電車を眺め冬うらら

桃色の傘差す男夜の雪

戻り来て縁の途切れし賀状かな

春寒や一言で友失ひし

初桜電車の遅れ忘れけり

屏風絵のそよぎ出しをる柳の芽

結はきたる髪の重たき走り梅雨

蝲蛄を追ふ少年の険しき目

咲き揃ひ河原撫子紅ばかり

元気かの一言と梨届きけり

真夜中に大移動する鰯雲

肝心なこと聞きそびれ秋時雨

隙間風忘るる母の饒舌よ

マフラーの折り目まで真つ直ぐな人

大仰に開き見せたる初みくじ

春の雪久方ぶりに手を繋ぎ
蕨餅売りの声また近づきぬ

生麦酒

二〇一一年夏〜二〇一四年春

朝が来ぬやうな気のして梅雨深し

約束の場所まで駆くる梅雨晴間

汗拭ふ様美しきユニフォーム
待つ人も見送る人も夏期電車

生麦酒分かり合へたる気になりて
鉄塔のてつぺん刺さる赤い月

いそいそとマフラー取りに戻り来し
マスクして可笑しな顔をしてみたる

叱らるる夢から覚めず流行風邪

女子社員てきぱきと指示年用意

温めしスープ冷めゆく余寒かな

散る桜愛でて男の虚ろな眼

新社員ノートの文字の隙間なく

役職も役目もなき日風薫る

梅雨湿りぶり返し来る嫉妬心
濡れそぼち紫陽花になりきりにけり

涼風や漸く許す気になりぬ

ガード下風鈴鈍く響きをり

夏シャツのをかしな文字に振り返り

麦運び唸るコンベア秋暑し

男衆秋風に泣くこともあり

名月を荒くれ者が語りをり

うたた寝の間に雪の富士見そびれし

若者も礼深々と事務始

春隣作り笑ひのいらない日

春来る主張せぬこと選びけり

朧夜や予期せぬ涙流れくる

春ショール置き忘れ声かけらるる

新社員ちびものつぽも背伸びして
小姑の集ひのごとく躑躅咲く

追ひ抜かれ追ひ抜き返し街薄暑

生麦酒主役到着待ちきれず

乾杯をかき消す乾杯生麦酒
熱帯夜ペディキュア少しはみ出して

限界といふことを知り夏終はる

焼き加減注文つけて秋刀魚食ふ

秋霖や捨て猫弔ひをる男

秋風や逝き方さへも颯爽と

唇の乾いてゐる子冬隣

炉開や皺ひとつなき一張羅

プレハブの校舎溢るる聖歌かな

警備員聖歌小声で口遊み

マフラーをぐるぐる巻きて耳塞ぎ
マスクマスクマスク出勤してみれば

寒鴉強がる声の掠れをり

呼び寄する仲間も居らず寒鴉

身を削りいよよ輝く冬の月

ポスターも浮き足立ちて春来る

春の風ひそひそうふふくすくすと
口元のお人好しなる男雛かな

新社員一言で頰紅潮す
うららかや重たきものは置けばよし

帰任

二〇一四年夏〜二〇一六年春

お早うの声透き通る薄暑かな

梅雨入や傘蓄ふる女子社員

さくらんぼ届き誕生日に気付く

依怙贔屓してさくらんぼ配りけり

梅雨あがる今日こそ声をかけてみむ

阿蘇山の牛も大汗かいてをり

湯浴み後の牛乳真白避暑の朝

ベランダにテーブルひとつ晩夏光

はやり歌こびりつきをり夏の果

また同じこと思ひだす夜長かな

待つ人も待たるる人もなき夜長

童心の老婆に銀杏落葉かな

唇に椀やはらかき小春かな

寒空や時は平等にはあらず

燗酒の冷めゆき話途切れがち

クリスマス満員電車にひとりきり

しわしわの手を握りたる御慶かな

黒楽の肌より伝ふ淑気かな

執務室まづは暖め事務始

風いよよ大胆になり春兆す

真夜中の桜艶話に夢中
よもぎ摘む指の先までほぐれゆく

松原に迷ひ込みけり春の昼

躑躅咲く浮かぶ嫌ひな人ばかり

しやぼん玉膨らみたくて歪みをり

真つ白なスカートふはり街薄暑

存在に軽重ありや糸とんぼ

男らと競ひ干したり生ビール

炎天を逃れんとして旅に出る

コーランの声たゆたひて夏夕

生命をもてあまし馬冷さるる
汗かかぬふりして魯迅先生像

厨から素麺冷す音流れ

近付きて夫と気付きしサングラス

ゆきあたりばつたりの旅鰯雲

秋晴ややそつぽ向きあふ本願寺

秋の蝶誰彼となく媚びてをり

枇杷咲くやばあちやんの声したやうな

早き死も遅き死もなし年流る

失ひし人を数へて賀状書く

小走りの女の腕に大根二本
釜の音鈴の音に似て冬ぬくし

耳隠し心も隠し冬帽子
凍空や信号変はりさうもなく

薄っぺらな紙かもしれぬ冬の月

リズム感なく響く雪掻きの音

春宵や帰任を告ぐる夫の声

ねえと言ひああと言はれてのどかなる

母見舞ふ

二〇一六年春〜二〇一九年春

母見舞ふ桜の写真撮りためて

病床の母美しき宵の春

病棟の窓の灯まばら宵の春

衣更へて夫の隣を歩きけり

黒鍵の戻り遅るる梅雨湿り

傘を打つ音いつかなく梅雨の月

夏期列車夫の寝顔は笑ひ顔

フィレンツェの漫ろ歩きや夕薄暑

憧れの人はキャンプの火の向かう

汗拭ふ女車掌の腕かな

信号待つ日傘の女無表情

今ふたり宇宙に浮かぶ星月夜

母の剝く梨のとりわけみづみづし

答無きことを問はれて秋暑し

新酒酌む常連同士名は聞かず

行く秋や素つ気なく後くされなく

千歳飴買ふ母親のふりをして

剽げたる創業者像冬ぬくし

モノクロの街をゆくマフラー真っ赤

冬の月昔話の切絵めく

雑踏の流れに乗れぬ師走かな

凍返る老木の陰何かゐる

囀や時折まじる渋き声

鳥帰る小さきものこそ逞しき

ネクタイの結び目固き新社員

触れさうで触れ得ぬ心春の宵

早桃剝く病笑ひ飛ばす母に

一口を大きく切りて鰻食ふ

素足のとき女であると思ふとき
炎熱や吐かねば弱音にはならぬ

女郎花なびくふりして遠ざかり
ちちろ虫鳴く忘れられたくなくて

磨ぎ汁に浮き上がりたる古米かな

ずる休みして秋雨の文芸坐

厳かに炭を置き炉を開きけり

口切りや練りて濃茶の照りの良き

冬欅まだ伸び足らぬ生き足らぬ

此の人も存外陽気年忘

蜜柑頬ばりもうひとつ蜜柑剝く

甘さうな蜜柑選びて母見舞ふ

出勤の喉に張り付く寒さかな

だんまりを決めこむ夫におでん盛る

ぼそぼそと無口な夫の鬼やらひ

春兆す自分を許すこと覚え

おしゃべりを我慢してをり官女雛
新社員エレベーターの隅っこに

誉め言葉受け止め切れず新社員

甘え顔して毒を吐く躑躅かな

靴を替へ鞄を替へて街薄暑

キャリアウーマン三社祭も全力で

大空の真ん中で虹途切れたる

左目はそつぽ向きをり蟇

冷房車三人姉妹行儀よく
シャンパンの泡の向かうをゆくヨット

百人の乾杯揃ひ生麦酒

溜息の連鎖いつまで秋暑し

吾亦紅束ねられてもひとりぼつち

糸瓜棚ふくらみきれぬ実もひとつ

鯖雲や他人事めける診断書

新橋の焼諸売りの声渋き

鼻風邪の不惑男の甘え声

日向ぼこ笑み返すことなき人と

物言ひの荒くなりたる寒さかな

大寒の特急列車凶器めく

毛布かぶり冒険物語に夢中

節分の壬生狂言の鬼不憫

張り切りて男の子の歌ふ雛祭

一樹一樹愛でゆく母の梅見かな

春の雨傘やんはりと開きけり

立ち止まりても降り止まぬ桜蘂

あの時　二〇一九年夏～二〇二一年春

退院に紅さす母よ利休梅

梅雨の朝電話の父の涙声

運び出す母の軽さよ梅雨晴間

光彩のごとくかなかな降り注ぐ

秋の夜の父の無言の慟哭よ

かなかなや母はあの時泣いたらうか

熱燗やかつての上司いま句友

化粧水ばしゃばしゃつけて冬の朝

マスクする間もなし電話鳴り止まず

マフラーを巻き居残りの執務室

蜜柑剝き遺影の母と半分こ

酸つぱいね写真の母と蜜柑食ふ

遺されし父と語りて除夜の鐘

行く年や父はいつから泣き上戸

父に笑み少しく戻り寒桜

作業着の男のくしやみ潔し

マスクして魚のやうに息をして

春寒や解雇を告ぐることに慣れ

立ち止まることも大切春の雪

父の茹でし菜の花芯の残りたる

涅槃図の中は存外慌し

母は空我は大地の花見かな

通勤路変へて迷ひて四月馬鹿

花韮の生命線の濃紫

凡庸を思ひ知りたる梅雨入かな

額の花抑揚のなき一日暮れ

夏草や功名に如何ほどの意味
マウンドを降り全力で麦茶干す

新涼や花の名今も父に聞き
かなかなや母は静かに笑ふ人

叱らるることなくなりて秋暑し

鯖雲や男ばかりの会議室

体操着袋くるくる秋うらら

渾身の一句音読天高し

クリスマスキャロル聴こえぬから歌ふ

うめき声あげてをりけり寒鴉

新調の加湿器のもう息切らし

年賀状子供増えたり猫増えたり

次々と臘梅咲いて誘惑す

叫ぶなどはしたなき事寒鴉

春寒く寂しさもぶり返したる

スカートの巻き付いてくる余寒かな

赤門に確と背を向け卒業す

交差点渡る先にもタンポポ黄

母の声思ひ出せずよ春の闇

夫の顔とつくり眺めのどけしや

結晶のごとく絡まり雪柳

あっちむいてほい山茱萸の花遊ぶ

水草生ふ足踏みの我置き去りに

駅前の桜も今朝は歌ひをり

庭いぢり黙々父の日永かな

夏近し窓全開のテレワーク

今時の子は

二〇二一年夏〜二〇二二年秋

花擬宝珠風もないのに揺れてゐる

蟷螂生る己が姿をまだ知らず

梅雨晴間大人ばかりの水族館

真つ白き一輪供ふカーネーション

梅雨湿り母の遺品の眼鏡拭く

母在りし処擦れたる綾筵

ざくざくと刻めばキャベツ青臭き

夜濯の靴下片方干し忘れ

みんみん蟬朝は笑ひて夕は泣く

おしろい花見向きもせざる娘かな

すら〱と言訳並べ秋暑し

曖昧に手足動かし盆踊

頼りなき迎火を手で囲ひやる

かなかなやおかへりの声もう聞けぬ

秋の夜や距離のほどよきバーテンダー

鰯雲なるやうにしかならぬこと

ハイヒール爪先磨き天高し

ケーブルカー発車楓を震はせて

事務員に魔法のポケット秋うらら

旅鞄ぎゅうぎゅうに詰め冬の朝

人拒みをり冬ざれの美術館

今時の子はと言ひかけ咳けり

冬ぬくしロボット急にしやべり出し

初売の工場に満つる粗目の香

冬の星添ひ遂げるとはいづこまで
寒柝の近付かぬまま遠ざかり

寒鴉阿呆と言へば無視さるる

住職の福福しさよ節分会

梅咲くや仏像の手の温もれる

水菜食む音の時折惨たらし

ウェブ会議顔もたぐれば春の雪

夜桜より魔法の粉の降り注ぐ

若芝の自信満ちたる光かな

旧友の腕も丸々夏隣

蚕豆を莢ごと焼きて皮ごと食ふ

疫病も力に神田祭かな

父の日や母の殊更偲ばるる

愛想なき店心地よき夏夕べ

テレビ消し忘れしままの端居かな

唐突に端居の父の語り出し

夕立眺む鎌倉駅のホームより

蟬時雨井戸端会議には勝てぬ

台風の合間を縫つて父見舞ふ

秋暑し必ず忘れ物ひとつ

喜びも悩みも告げて墓洗ふ

ためらひてゐる間に秋の蚊に刺され

若者と競ひ合ひたる夜業かな

秋めくや実用書閉ぢ文庫本

あとがき

子供のころから、本が、そして言葉が好きでした。出版社の編集を長く務めた父の影響かもしれません。その興味は外国語にも及び、大学は外国語学部を選びました。仕事でも海外の方と関わる場面が多くあり、そのことが「もっと日本のことを知りたい」という思いを強くしました。そんな折、幼い頃からお世話になっていた大野まりなさんから「俳句をやってみない？」と声を掛けて頂き、迷わず、そのお話に飛びつきました。

早速、知音に入会し、ボンボヤージュ夜の部に参加したのが二〇〇七年四月、私の俳句との歩みの始まりです。その句会で、西村和子先生が、私の句の下五を添削してくださいました。たった五音を変えるだけで、散文的だった十七音に思いがけない詩情が加わることへの驚きで、興奮気味に帰路についたことを思い出します。

それから十五年以上が過ぎました。

今回、句集を作りたいとの思いに至り、これまでの自身の句を見直す中で、私の心がいつも「家族」と「仕事」によって大きく揺れ、そして満たされてもいたことを改めて感じました。その過程で、中学高校時代からの友人たちから多くの刺激を受け、支えてもらったことが、自分をもっと表現したいという思いの芽生えにもつながっていました。こうして、徐々に自分の弱さや人には言えない心の内を俳句に託せるようになり、いつの間にか俳句は、自分にとって大切な話し相手になっていたのです。

句集の章の分け方は、自分自身の心を揺り動かして来た出来事を軸にすることとしました。

夫の存在に助けられながら、仕事、そして自分の不甲斐なさに向き合って、毎日をただ無我夢中で過ごしていた時期（「ゆっくり」）、勤め先で工場に配属され、新しい業務、そして、初めての役職というプレッシャーと格闘していた頃（「生麦酒」）、夫が海外赴任となってから帰任するまでの一人の時間（「帰任」）、母の闘病に寄り添った三年四か月（「母見舞ふ」）、そしてその母との別れと遺された父への思い（「あの時」）、それらの経験を通して得た自分なりの成長を喜べるようになった今（「今時の子は」）。

とりわけ、亡き母の闘病期間は、自身の心の内を俳句が受け止めてくれることで、何度も救われました。句集名「おかへりの声」はその母への思いを託した句からとったものです。

この句集を読んでくださる方々に共感して頂ける句が一句でもあれば、幸いです。

今回、西村和子先生には選句と序文を、行方克巳先生には帯文と十句選をいただきました。特に和子先生には、学びの遅い私を辛抱強く励まし、指導して頂きました。改めて感謝申し上げます。

また、私が俳句により深く向き合うきっかけを作ってくださる先輩方、句友の皆さま、これからも共に俳句を学べますと、嬉しく思います。

最後に、愛する家族へ。言葉にするとそれだけで涙になりそうなので、言葉にはしません。

これから先も、自分を大切に、俳句と歩んでいきたいと思います。

令和五年七月

塙　千晴

著者略歴

塙　千晴（はなわ・ちはる）

1974年　兵庫県生まれ
1993年　女子学院高等学校卒業
1997年　東京外国語大学外国語学部
　　　　イタリア語学科卒業
2007年　「知音」入会
2014年　「知音」同人

俳人協会会員

chiharuhanawa@gmail.com

句集　おかへりの声　おかえりのこえ　青炎俳句叢書16

二〇二三年八月三一日　初版発行

著　者――塙　千晴

発行人――山岡喜美子

発行所――ふらんす堂

〒182-0002 東京都調布市仙川町一―一五―三八―二F

電　話――〇三（三三二六）九〇六一　ＦＡＸ〇三（三三二六）六九一九

ホームページ　http://furansudo.com/　E-mail　info@furansudo.com

振　替――〇〇一七〇―一―一八四一七三

装　幀――和　兎

印刷所――日本ハイコム㈱

製本所――三修紙工㈱

定　価――本体二一〇〇円＋税

ISBN978-4-7814-1586-4　C0092　¥2100E